漢字總動員

01

日月
山川

中華教育

前言

《漢字總動員》系列希望以嶄新的方式，幫助小朋友學習漢字。我們以身邊的事物作分類，精選一個個常用漢字，再延伸至相關的漢字故事和冷知識，然後解構在書寫時一般會遇上的困難，最後再以輕鬆的小遊戲加深記憶。

每本書介紹的漢字雖只數十個，卻蘊含着中國數千年來的歷史演變與文化，以最生動的方式，讓小孩能一覽文字的奧妙。

目錄

碧 ─ 63

66 ─ 砍

破 ─ 69

72 ─ 硯

基 ─ 90

93 ─ 型

坐 ─ 96

漢字小遊戲
參考答案
─ 108

混 ─ 75

78 ─ 涉

泄 ─ 81

84 ─ 涯

池 ─ 87

雷 ─ 99

102 ─ 需

零 ─ 105

fáng 防

「防」主要是指戒備，預先做好應急準備的意思，如：防止、防備、預防、防範。

「防」的本義是堤壩。將堤壩高高築起防止水淹沒農田，有防患於未然之意。由此衍生出許多詞語，像「防意如城」，指嚴格控制個人欲望，就像守城防敵一樣。還有我們熟悉的「防微杜漸」，指的是在壞事或錯誤剛冒起的時候就加以制止，以免發展下去。

　　東漢和帝即位時僅十歲，因年幼無能，朝政大權便由竇太后把持。她的哥哥竇憲官居大將軍，其他兄弟也都身居要職，國家大權實際上落入竇憲等人手中。

　　大臣丁鴻對竇太后的專權十分氣憤，於是趁着天上發生日食（這在古代是不祥的徵兆）時上書和帝，建議趁竇氏權勢尚不足動搖朝政根基時，早加制止，以防後患。他在奏章裏說：「『杜漸防萌』則兇妖可滅。」和帝採納了他的意見，罷免竇憲將軍之職。竇憲兄弟情知罪責難逃，便都自殺謝罪。

　　「防」字在早期就經常出現在一些名人名作中，比如出自《周易》的「防患於未然」：有人去探望他的朋友，見朋友家爐灶設計有引起失火的可能，便提出改灶搬柴的建議，主人沒有採納。不久主人家房子着火，人們幫助救火，主人備酒殺牛謝客，人們提出應該宴請那個建議改灶搬柴的人。

漢字小達人

　　「防」字和「邦」字的「阝」就像雙胞胎，長相相同，但骨子裏不同。左耳刀旁從「阜」（𨸏）演化而來，以它為部首的字，多與地形地勢的高低上下有關，比如「陷阱」、「降」等；右耳刀旁則從「邑」（𨙨）字演化而來。「邑」在古代指國，也指國都、京城，所以以右耳刀旁為部首的字，多和地名、邦郡有關，比如「鄰」、「郊」、「都」等。

漢字小遊戲

成語接龍

防　　杜漸　　　境
　　　　　　　　由
　　　　　　　　心
盤龍　　虎　　　生

jiàng

降

　　「降」字左邊為「阝」，表示土山。「降」字的右邊在古代像是兩隻方向朝下的腳，表示從高處向低處走的意思。像這樣由幾個部分組成，以形來說明這個字所代表的意義的字就是會意字。

　　「降」有兩個讀音，上文提及的情況讀jiàng，後來這個字引申出「投降」、「降服」的意思，讀xiáng。

　　「降」與「陟（zhì）」相對，「陟」的古代字形右邊就像兩隻向上的腳，表示由低處向高處走。

生活中，我們常用「從天而降」來形容事物出人意料地突然來臨或出現。

相傳故事是這樣的：西漢初年，漢景帝重用名將周勃的兒子周亞夫，命他帶兵去平定吳楚七國的諸侯叛亂。周亞夫聽從趙涉建議，派兵從小道進軍洛陽，同時切斷了叛軍運送軍糧的通路。面對從天而降的漢軍，叛軍落荒而逃。周亞夫因平叛有功，被升官至丞相。

趣味知識卡

古代賓主相見，客人如果要表示謙遜，則站在客人的台階上，比主人低一個台階，稱為「降階」。它最初只表示走下台階，以示恭敬，後又被引申為降低級別、官位。

「降」字右邊下半部分特別容易誤寫，右下既不是「牛」，也不是「午」。要想把這個字寫對，其實也有個小竅門：

> 牛角小撇變小豎，
>
> 連着小橫變豎折，
>
> 請你別忘豎出頭，
>
> 顛三倒四可不成。

漢字小遊戲

下面圖框裏的漢字，可以組合成新的漢字，有不少是形聲字，你能組成多少漢字？並指出其中哪些是形聲字嗎？

子	火	禾	彳	土	寺
口	人	力	立	女	刂
又	日	犬	石	頁	月

jǐng 阱

漢字的祕密

　　說起「阱」字，它常用在以下這些詞語中：陷阱，本義為捕捉野獸的坑；阱鄂，捕野獸用的陷坑和籠子；阱機，本指捕捉動物的機關，現比喻為陷害別人的計謀。

　　「阱」還表示設在地下的用來囚禁人的地方，如阱房（地牢、牢房）、阱室（地牢）等。

　　韓愈和柳宗元都是中國古代傑出的詩人，同時亦是好友。柳宗元去世後，韓愈為祭奠二人的交往，寫下了《柳子厚墓誌銘》。

　　他在銘文中先概述了柳宗元的生平，然後敘說了柳宗元仕途的不幸及其文學上的成就。

　　其中有一段批判「落陷阱不一引手救，反擠之，又下石焉者」的人，即看到有人要掉進陷阱裏，不立即拉他一把，反而把他擠下去，還往陷阱裏扔石頭的人。這些人平時總是喜歡跟人稱兄道弟，一旦遇到利益的衝突，即使是蠅頭小利，也會立即翻臉不認人。

趣味知識卡

　　阱底村位於山西省平順縣與河南省林州市的接壤處，風景優美，之後更名為「神龍灣」。這個村子的居民要出入的話，必須經過一道「天梯」——哈樓梯。它是阱底人出入的唯一途徑，路程需要四個小時。阱底掛壁公路開通後，哈樓梯成為探險旅遊的一條線路，行走在其中，可欣賞阱底掛壁公路全景。

人們常把「陷阱」錯寫為「陷井」。「阱」為左耳刀旁，說明此字與地形地勢的高低上下有關。「阱」，一個「阝」，一個「井」，合起來便是「在地上挖的像井一樣深、可以用於防禦或捕捉野獸的陷坑」。所以「陷阱」是「阱」，不是「井」。

陷阱 ✓

陷井 ✗

下面是一些含有「阱」和「井」字的成語，動動你的腦袋，把空格補充完整吧！

避		入	
投		下	
落		下	
造		佈	

yīn 陰

漢字的祕密

　　「陰」字的左耳刀旁說明這個字與地形地勢的高低上下有關，「侌」（yīn）則是古人用來表示該字讀音的。

　　「陰」字最初的含義是水的南面或山的北面，都是背陽的部分。後來這個字的簡體字為「阴」，給人一種月夜籠罩山崗，很陰暗的感覺。

　　東晉大書法家王羲之的兒子王徽之生性高傲，行為豪放不羈，辭官隱居在山陰（今浙江紹興，因地處會稽山的北面而得名「山陰」），天天遊山玩水、飲酒作詩。一個大雪紛飛的夜晚，他喝酒賞景時突然憶起好友戴逵，就開船連夜趕路，拂曉時才趕到友人門前。但他並未敲門造訪，而是起身折返。他說：「我興頭來了，本來是要去見好友的，結果走到門前覺得已經盡興了，便該回去了，又何必一定要見到戴逵本人呢？」

　　所以，「山陰乘興」後來被用來指訪問友人。

趣味知識卡

　　「一寸光陰一寸金，寸金難買寸光陰」的意思是，一寸光陰和一寸長的黃金一樣珍貴，但是，一寸長的黃金卻難以買到一寸光陰，比喻時間十分寶貴。這句話也常常被用在我們的生活和學習當中，提醒我們要珍惜眼前的時光。

　　我們都知道與「陽」字相對的就是「陰」字，我們可以從字的結構來看：「陽」字的右上方有一個「日」字，看到「日」我們多會想到太陽、陽光之類的詞。「陽」字多表示光明；「陰」字則多用來表示黑暗、陰暗不見光的意思。

漢字小遊戲

　　右面是一些含有「陰」字的成語，動動你的腦袋，把空格補充完整吧！

謀　　計

陽　　氣

錯　　差

山　　後

疑　　戰

服　　行

fán 煩

　　「煩」的本義是頭痛發燒，這個字跟頭有甚麼關係呢？「火」是物體燃燒發出的光和熱，而「頁」在古代就是頭的意思，頭像火一樣的熱，或者是一個人在極度煩躁的時候臉紅脖子粗的模樣。所以，由本義就引申出煩躁不安、心情不暢快的意思。

　　一個人心情煩躁時，做甚麼事都沒有興趣，都覺得厭煩。所以，「煩」還表示失去耐心、厭煩的意思。

三國時的魏國有個叫管輅（lù）的人，精通占卜之術。他有一個好朋友叫何晏，是個玄學家。

有一次管輅邀請何晏到家中做客，一起談論《易經》，談得通透明曉。何晏對管輅說：「要是論陰陽之道，恐怕這世上沒有第二個人能比得過你。」當時還有個叫鄧颺（yáng）的人也坐在旁邊，聽得糊裏糊塗的，就向管輅問道：「人人都說您精通《易經》，但您剛才談論的時候，卻絲毫沒有涉及《易經》啊。」剛說完，管輅便說：「真正精通《易經》的人，是不隨便談論《易經》的。」聽了這機敏又深奧的話，何晏笑着說：「這個答覆真是太妙了，要言不煩，越是精要的話越不會難懂呀。」

從這之後，人們便用「要言不煩」一詞，來指說話或者寫文章時言語簡明扼要、不煩瑣。

趣味知識卡

在古代，人們常常用詩來表達自己的煩惱，比如李白的《秋浦歌》：「白髮三千丈，緣愁似個長。不知明鏡裏，何處得秋霜？」用浪漫主義的手法，抒發了自己懷才不遇、壯志未酬的悲愁之情，給後人留下了深刻的印象。

與「頁」（）有關的字都與頭分不開，不信你們瞧，「額」是額頭，「頂」是頭頂、「項」是脖子後面、「頸」是脖子、「顱」也是指頭……快來摸摸自己頭部的各個部位，你是否能準確說出代表它們的字呢？

漢字小遊戲

下圖中，哪一個部首或字能與「頁」字組成其他漢字呢？請在字旁的圓圈內打「√」或「×」吧。

jiāo 焦

　　「焦」是由上下兩部分組成的，上面是「隹」（zhuī）字，指一種短尾巴的小鳥，下面是「灬」，我們常常稱作四點水。「灬」其實是「火」的變形，就像點點火星，把小鳥放在火上燒，當然要被燒傷了。所以，「焦」的本義是物體經火燒而變成黑黃色並發硬、發脆。

　　當人處於一種高溫狀態下，如同有一團火在身體中燃燒，心情也會變得焦躁不安，所以「煩躁、焦急、焦慮」就成了「焦」字引申出來的意思。

　　「焦不離孟」這個故事出自《楊家將》。「焦」和「孟」指的是楊延昭部下的兩員大將——焦贊和孟良。兩個人雖然是好朋友，但是性格卻截然不同：孟良做事謹慎，焦贊勇敢但魯莽。

　　當時楊令公的骸骨一直流落在別處，於是楊延昭和孟良商議，想要取回楊令公的骸骨。焦贊無意中聽到他們的對話，心想：大家都說我魯莽，這次我一定要先下手為強，取回骸骨，立下功勞。孟良幾經輾轉，終於取到了骸骨，正想離開的時候，黑夜中衝出一人來搶骸骨。他一時心慌，拔出利斧劈去，對方立即倒地。孟良一看屍體，卻是焦贊。孟良悲痛不已，把楊令公的骸骨送回後，便背起焦贊的屍體，走出城外拔劍自刎。後來人們用「焦不離孟」來比喻兩人感情深厚。

趣味知識卡

　　說到武藝了得的楊家將，不得不提「十八般武藝」，也就是指使用十八種兵器的技藝。一般是指弓、弩、槍、棍、刀、劍、矛、盾等。

「冫」「氵」「灬」都是常見的構字部件，點越多，溫度越高。「冫」對應的字多指溫度下降到低於人體體溫，如：「冷」、「冰」等；「氵」對應的字多指液體常態時的溫度，如「江」、「河」等；「灬」（火）對應的字多指超過人體體溫的溫度，如「熱」、「煎」等。你們都記住了嗎？快來一起探索漢字的奧祕吧！

漢字小遊戲

漢字迷宮

哪個字格裏的部件能和「灬」組成新的漢字？根據下面的提示走出迷宮吧！

「灬」和「亨」能組成「烹」，道路就在腳下，其他哪些部件能和「灬」組成新漢字？你發現該怎麼邁出自己的腳步了嗎？

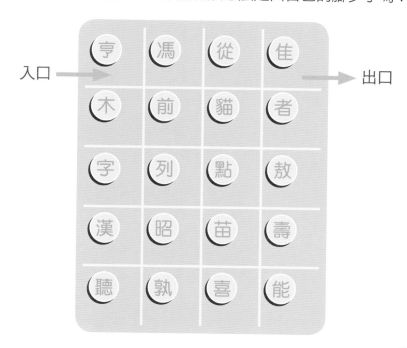

yán 炎

漢字的祕密

　「炎」是由上下兩部分組成的，上下都是「火」字，在大火的炙烤下，唯一的感覺就是「熱」了，這也是「炎」的本義。

　當我們身體的某一部分不小心被燒傷，會出現紅、腫、熱、痛的現象，因此又引申出「炎症」的意思。這樣一來，「炎」字的含義就簡單明了吧！

漢字故事：后羿射日

　　傳說堯帝統治的時候，天空中出現了十個太陽。於是，地表滾燙，莊稼被曬枯，草木被烤乾。堯帝為了解除人民的苦難，每天向天帝祈禱。天帝把后羿召來，賜給他一張弓、十支箭，說：「你帶着弓箭到人間去，我的太陽兒子知道這種弓箭是他們的剋星。你嚇唬嚇唬他們，叫他們按規矩辦事！」

　　后羿來到人間，朝十個太陽大喊，要他們除了該在空中輪值的外，其餘的一律回到天宮中去。但是，太陽們不理睬后羿，后羿見他們不聽勸告，「嗖」的一箭射去，竟射死了其中一個太陽。后羿想：我闖了禍，看來已無法回去向天帝覆命了，不如乾脆為人間做件好事，把天帝的所有太陽兒子都殺死算了。

　　於是，他向天空中另外九個太陽不停地發箭。當他正想射落最後一個太陽時，堯攔住他說：「留下一個吧！沒有了太陽，人們將永遠處於黑暗之中。」后羿聽了，將最後一支箭收了起來。從此以後，天空中便永遠只有一個太陽了。

在古代傳說中，太陽裏有金黃色的烏鴉，它們長着三隻腳，被稱為金烏，是神鳥，也是太陽之靈。十個太陽棲息在東方大海中的扶桑樹上，每一日輪流從扶桑樹上升起，東升西落，照耀四方。

漢字小達人

由「火」這個構字部件組成的字還真不少。二火為炎，三火為焱（yàn），四火為燚（yì），大家認識這幾個字嗎？

這三個字都與「火」有關係，「焱」是指「火花、火焰」，顯然要比「炎」的火光大。而「燚」是指熊熊燃燒的火光，從這個會意字我們彷彿能感受到有一團烈火在燃燒。

漢字小遊戲

同一個構字部件，選用不同的數量就會變成不同的漢字，比如「炎」、「焱」、「燚」。類似的字還有很多，這樣的字，你認識幾個呢？請寫在下面的田字格中吧。

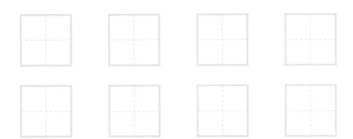

zāi 災

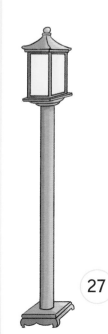

漢字的祕密

　　「災」的本義是火燒房屋。上面的
∧是屋頂，指代房屋。

　　由於古代的很多房屋是用木頭蓋成
的，房屋一旦着火，很短的時間內就
會全部變成灰燼。即使是人，從中逃生
也是很難的。因此，房屋起火被人們認
為是非常大的災難，於是，「災」的本
義與「火」就緊密相關了。後來，「災」
字引申出「水、旱等造成的禍害以及個
人遭遇的不幸」，意思越來越廣泛了。

27

　　大約在四千多年前，中國的洪水為患，適逢舜帝在位，他讓禹說說看法。禹拜謝說：「我打算疏通九州的河流，使大水流進四海；疏通田間小溝，使田裏的水都流進大河。我會和后稷一起播種糧食，為民眾提供穀物和肉食，發展貿易，使民眾安定下來。」

　　之後，禹帶着尺、繩等測量工具到主要山脈、河流做了一番嚴密的考察。他決定集中治水的人力，在羣山中開道。這是一項艱苦的工程，耗費了一件件石器、木器、骨器工具。人的損失就更大了，有的被山石砸傷了，有的上山時摔死了，有的被洪水捲走了。可是，他們仍然毫不動搖，堅持工作。

　　在這艱辛的日日夜夜裏，禹的臉曬黑了，人累瘦了，甚至連小腿肚子上的汗毛都被磨光了，腳趾甲也因長期泡在水裏而脫落，但他還在操作着、指揮着。在他的帶動下，治水工程進展神速，大山終於被打通，形成兩壁對峙之勢，洪水由此一瀉千里，向下游流去，江河從此暢通。

　　「三過家門而不入」的故事也跟大禹有關。有一次他在治水途中，路過自己的家，聽到了小孩的哭聲。他想到，那是他剛出生兒子，他多麼想回去親眼看一看自己的妻子和孩子。但是，他一想到身上肩負的重任，便只向家門的方向行了一個大禮，眼裏噙着淚水，轉身離開。

漢字小達人

　　「災」也是一個會意字，你們對這類字了解多少呢？一般而言，會意字都可以用這個字的組成部件編成一句話來描述這個字，比如：

災 ----► 房屋裏面着火，災禍很嚴重。

休 ----► 指人走路走累了，要靠在一棵樹旁歇一歇。

焚 ----► 指林中起了大火，樹木被燒。

漢字小遊戲

　　左面是一些關於「災」的成語，你們能填出來嗎？快來試試吧！

zhì

炙

漢字的祕密

在中國的傳統美食中，燒烤從古至今都受人青睞，在古代更是一種「舌尖上的美味」。不過在古代，「燒烤」只用一個字來表示，你們知道是甚麼嗎？那就是「炙」。「炙」是會意字，它的上半部分是「肉」字的變形，下半部分是「火」，合在一起指人們把去毛的獸肉穿起來在火上烤，以取得食物。因此，這個字既能指「燒烤」，也能指「經燒烤的肉」。

相傳春秋時有對父子，父親曾
皙特別喜歡吃羊棗（一種野生果
子），兒子曾參在父親死後，就
不忍心再吃羊棗了，這件事被
儒家弟子廣為傳頌。

到了戰國時期，孟子
的弟子公孫丑一直不能理
解這件事，便向孟子請教膾炙（切細的烤肉）和羊棗
哪個比較好吃。孟子說：「當然是膾炙好吃，誰不愛吃
呢？」公孫丑又問：「那曾參的父親肯定都愛吃，為甚
麼他不戒吃膾炙，而只戒吃羊棗呢？」孟子回答：「膾
炙是大家都愛吃的，但羊棗卻是他父親特別愛吃的，
所以他只戒吃羊棗。」聽完後，公孫丑明白了其中的
道理。

「膾炙人口」這個成語就是從孟子所說的「膾炙」
引申出來的，原意是指人人都愛吃的美食，後來人們
常用它來比喻人人都讚美的事物和傳誦的詩文。

趣味知識卡

考古研究人員發現，北京人吃烤肉也是有歷史的，大
約在六十萬年前來到北京周口店生活的北京猿人已經開始
吃烤肉了。秦漢時期，皇家貴族已將烤肉當作日常食品，
並且發展出很多禮儀，例如不能狼吞虎咽、塞滿口腔等，
否則會被認為儀態不佳。

「炙」經常容易與「灸」相混淆，其實我們仔細看看，這兩個字的造字方法是不一樣的，「炙」是會意字，而「灸」是形聲字，「炙」是「肉」和「火」合起來的意思，而「灸」用「久」表示讀音，最早指用艾條燒灼或熏熨人體穴位的中醫療法。現在大家能區分開了嗎？

漢字小遊戲

下面都是與肉有關的成語，大家一起來補充完整吧！

		百	姓
親	如		
		相	連
	開		綻
心		肉	
		朋	友

bào 暴

　「暴」字有兩個讀音：bào 和 pù。它的本義是讀「pù」時的意思，即「曬乾」。

　　曬乾與日照是分不開的，只有太陽對暴露在外的東西產生強烈的照射，才能致其乾裂，因此，後來引申出「bào」的這個讀音，它的意思是「強大而突然的，又急又猛的」，當形容人脾氣的時候，是「過分急躁的、容易衝動的」意思。

　　與「暴」有關的詞語大多是貶義詞，如「暴君」、「暴力」、「暴亂」等等，大家在唸這個字的時候也要注意區分。

漢字故事：暴君秦始皇

　　說到「暴」，就不得不說說秦始皇的暴政。他為了慶祝大將蒙恬打敗匈奴，就在咸陽宮裏開了一個慶祝會，大宴羣臣。大臣們紛紛道賀，並誇讚秦始皇。秦始皇聽了，心中很得意，可是有一位儒生，站起來反駁說：「剛才大臣們說的話全是奉承皇上，想叫皇上離開正道。當面拍馬屁的人決不是忠臣！」

　　秦始皇聽後，就問別的大臣有甚麼意見。這時，丞相李斯站起來說：「現在天下太平，法令統一，但是，就有一些儒生不學今而專學古，他們糾集起來向百姓造謠、製造混亂，藉反對朝政以表示高明。這樣下去，國家還像樣嗎？」

　　秦始皇非常同意李斯的看法，馬上下令重罰這個儒生。

趣味知識卡

　　秦朝的暴政還體現在很多方面。秦始皇在位期間建造了許多豪華的宮殿，早在統一六國的戰爭時期，秦始皇就在咸陽大興土木，而且賦稅也很重，苛捐雜稅眾多。

「暴」字是由上中下三部分構成的，這個字的下面是「水」，大家一定不要錯寫成「小」或「小」。

「暴」字只要添加一個偏旁，就會神奇變身為很多的漢字，你們會寫幾個這樣的字呢？快來將自己認識的字寫在下面的空白處吧！

hàn 旱

　　「旱」字與「日」有關。古時候，農耕就是每天的重要活動。因此，他們最盼望的就是風調雨順。

　　天旱就意味着災害，如果一年中太陽照射時間太長，降雨量過少，就會造成地面乾裂，農作物乾枯致死，一年的收成會受到很大影響。因此「旱」的本義是「長時間不下雨，缺雨、缺水」。

　　「旱」與「澇」是一對反義詞，因此，有人將它看作與「澇」類似的形聲字，「日」為形符，「干」為聲符。

　　當年曹操帶兵打仗，一路上士兵們都非常辛苦。陽光火辣辣的，曹操的軍隊已經走了很多天，非常勞累。沿途都是荒山野嶺，沒有人煙，方圓數十里都沒有水源，士兵們想盡辦法都不能弄到一滴水喝。曹操看到眼前的情景，心裏非常着急。他在心裏盤算着：這下糟糕了，找不到水，這麼耗下去，不但會耽誤戰事，還會有不少士兵渴死在這裏，想個甚麼方法來鼓舞士氣，激勵大家走出這片乾旱的地帶呢？

　　曹操想了又想，突然靈機一動，他大喊道：「前面不遠處有一片梅樹林，結滿了又大又酸的梅子，大家再堅持一下，走到那裏就能吃到梅子來解渴了。」士兵們想起梅子的酸味，口中頓時流出了口水，精神也振奮起來，鼓足勇氣向前走。就這樣，曹操的部隊終於走到了有水的地方。

趣味知識卡

　　「望梅止渴」和「畫餅充飢」都比喻用空想來安慰自己，常可通用。「畫餅充飢」出自曹操的孫子曹睿。曹睿有個親信，名叫盧毓，他說過這麼一句：「選舉莫取有名，名如畫地作餅，不可啖也！」盧毓勸誡曹睿，選拔人才不要單憑名聲，名聲好比畫在地上的餅，是不可靠的。

「旱」字看起來很簡單，但大家千萬不要寫錯哦！尤其是下面的「干」不要寫成「千」。

由「日」組成的上下結構的字還有很多，比如杲、昃、昌等，都是與陽光有關係的字。而且，這種上下結構的字多數是上窄下寬的字，因此，我們在書寫時為了美觀，一定要注意字的結構。

漢字小遊戲

「日」字只要添加一個字或者偏旁，它就會神奇地變身為其他的漢字，你會寫幾個這樣的字呢？

héng 恒

　　「恒」字在甲骨文中是沒有左邊的豎心旁的，右半部分中間是「月」，字形就像弦月在天地之間，月被認為是千百年來不變、恒久的事物。但是到金文字形後，增加了表示字義的豎心旁。

　　「月」是自然界中永恒的事物，「恒」就是指像它一樣恒久，進而引申為人們內心的恒久，即恒心。

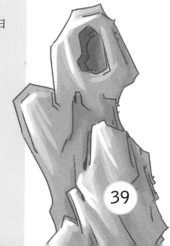

唐朝詩人李白小時候很貪玩，不愛學習。他的父親為了能讓他成才，就把他送到學堂去讀書，可是，他常常偷偷地跑出去玩。

一天，李白沒有上學，跑到一條小河邊去玩。忽然看見一位白髮蒼蒼的老婆婆蹲在小河邊的一塊磨石旁，一下一下地磨着一根棍子般粗的鐵杵。李白好奇地問道：「老婆婆，您在幹甚麼？」老婆婆說：「我在磨針。」「用這麼粗的鐵棍磨成細細的繡花針？這甚麼時候能磨成啊！」李白脫口而出。老婆婆親切地對李白說：「孩子，鐵棍雖粗，可擋不住我天天磨。滴水能穿石，難道鐵棍就不能磨成針嗎？」李白聽了老婆婆的話，很受感動，於是趕忙轉身跑回學堂刻苦讀書。

趣味知識卡

「鐵杵磨成針」的故事相信大家都很熟悉了，你認識它的近義詞「水滴石穿」嗎？滴：滴落；穿：洞穿。水一直向下滴，時間長了能把石頭滴穿。比喻只要堅持不懈，以微弱之力也能做出很難辦的事。也比喻只要有恒心，不斷努力，持之以恒，事情就可能成功。

「恒」是由「心」、「日」、「二」三部分構成的。「心」是指內心,「日」是天地永恒不變的事物,「二」就表示天地,三部分合在一起就表示永久、永恒的本義啦!但是「恒」去掉左半邊「心」後就變成了「亙」,讀gèn,「亙古」是指整個古代的意思,大家不要讀錯噢!

請依照下面方塊裏所給出的部件,將能與「亙」組成新字的偏旁圈出來,看看誰找到的字又快又多。

jǐng 景

漢字的祕密

　　「景」字是一個形聲字，形符為「日」，聲符為「京」。「景」字最早可不是風景的意思，而是指日光、亮光。在光照耀到的地方，才能看到世間萬物，於是「景」字後來就引申出「景色、景致」的意思。不同的景色代表着一個地方不同的情況，因此，這個字又引申出「情況、現象」的意思。

明思宗（崇禎皇帝）即位後勤於政事，節儉樸素，是位年輕有為的皇帝。但他在位期間，農民起義此起彼伏，關外清軍勢力強大，國家處於內憂外患的境地。

1644年，李自成率軍攻破北京，崇禎皇帝在遣散了三位皇子後含淚下詔書，隨後他持劍到後宮巡視，親眼看着皇后和妃嬪們自殺。當他走到壽寧宮時，他最疼愛的、年僅十六歲的長平公主向他求救，崇禎皇帝卻舉劍刺向「掌上明珠」。正在這時，李自成軍隊的喊殺聲已經越來越近，黑雲籠罩在紫禁城上空，崇禎皇帝慌忙爬上了煤山（即現在的景山），弔死在壽皇殿旁的槐樹上，終年三十四歲。

趣味知識卡

景山公園最大的特點在於它既地處北京城的中軸線上，又是中軸線的中心點，這個點就在景山最高處的萬春亭前。

北京很多建築都建在對稱軸上，以宮城為中心左右對稱。中軸線南起永定門，北至鐘鼓樓，直線距離約7.8公里。北京城依中軸線鋪陳開來，左右對稱，前後起伏，一貫到底，在世界城市中獨一無二。

「景」是形聲字,形聲字是甚麼意思呢?

「形聲」是造字的六大方法之一,是由兩部分組成一個字,其中一部分代表字的讀音,一部分代表字的意思。

比如,「梨」由兩部分組成,「利」代表讀音,下面的「木」代表含義,表示「梨」與樹木有關。又如,「晴」由兩部分組成,「青」代表讀音,左邊的「日」代表該字與太陽有關。

下面圖框裏的漢字,可以組合成新的漢字,有不少是形聲字,你能組成多少漢字?並指出其中哪些是形聲字嗎?

yùn 暈

　　「暈」字是形聲字，下方的「軍」是聲符。「暈」最初指太陽、月亮周圍的光圈，後來人們把光影、色彩周圍模糊的部分叫作「紅暈」、「黑暈」等。

　　後來，也許就是因為這種暈染、模糊不清的視覺效果，和我們平時頭腦發暈的感覺很相似，所以從本義中引申出「暈（yùn）車」、「頭暈（yūn）」、「暈（yūn）頭轉向」等意思。

漢字故事：李白戲高力士

　　古代大詩人李白經常喝酒喝到暈。一天，皇帝召見李白，請他草擬一份重要的詔書。恰巧他剛喝完酒，暈暈乎乎地走到大殿，眯着眼往四周看時，發現高力士很不友好地盯着他，高力士當時很受皇帝重用。

　　李白早就看不慣高力士了，於是趁着酒勁對皇帝說：「皇上，我剛喝了酒，不能像以前那樣很恭敬地寫文章。請皇上准許我穿戴隨便一些。」

　　皇帝想了想說：「既然這樣，朕就准許你隨便一點吧。」

　　李白伸了伸懶腰說：「我的鞋太緊了，要換一雙鬆一點的便鞋。」

　　皇帝立即叫人給他取了雙便鞋，李白趁機向站在一旁的高力士把腳一伸：「替我把鞋脫了！」

　　高力士沒想到李白會來個突然襲擊，無可奈何之下只得替李白把靴子脫了。

　　提到「月暈」的古詩，自有一種朦朧的美感。我們一起來欣賞一下：

　　風鬟雨鬢，偏是來無准。倦倚玉闌看月暈，容易語低香近。（納蘭性德《清平樂・風鬟雨鬢》）

　　月暈天風霧不開，海鯨東蹙百川回。（李白《橫江詞》）

漢字小達人

　　「日」和「軍」可以組成不同的字，你知道嗎？

　　對，這個字就是「暉」字。「暈」是多音字，有「yùn」（紅暈、日暈、暈車）和「yūn」（頭暈、暈倒）兩個讀音，而「暉」讀「huī」，「暉」主要指陽光，也泛指光輝。

漢字小遊戲

　　我們一起來背背有關「日暈」、「月暈」的諺語吧，你們都了解嗎？

日枷雨，月枷風。

日暈三更雨，月暈午時風。

日戴暈，常流水。

　　看來凡是出現了日暈、月暈，很有可能會有風雨出現呢！

chóng 崇

　　「崇」字是形聲字，下方的「宗」用於表音。「崇」的本義指山大而高，後來也常用以表示高的意思。

　　在古人眼中，聖人或值得尊敬的人就像高山。人們禁不住仰望他們，肅然起敬。所以「崇」字也引申出「崇敬、崇拜」的含義。

48

　　崇明島被稱為「東海明珠」，地處中國最長河流長江的入海口，是中國面積最大的河口沖積島。

　　關於崇明島有許多有趣的傳說，其中最離奇的是，唐皇李世民決定渡海遠征高麗，率領數十萬大軍來到長江邊，誰知剛登上船便暈船了，只得班師回朝。軍師徐茂公見狀，便要三軍統帥張士貴進諫，張一籌莫展。薛仁貴獲悉此事後，獻出了「瞞天過海」的妙計。張士貴大喜，便將他提升為大將，囑咐他依計而行。

　　薛仁貴上任便調動三軍砍木伐竹，用砍下的竹木製成很大的木筏放在長江中，又在筏上堆上泥土，再築起城池，讓三軍官兵裝扮成平民居於城中。然後他稟告皇上，說是長江口處出現了一座仙島。李世民信以為真，趕到木筏上。當他在城樓上飲酒時，木筏啟航，緩緩向高麗駛去。

　　木筏把皇上及十萬大軍送到高麗後，被潮水沖回東海之濱的長江口，後來成了崇明島。

崇州市（原崇慶縣）地處美麗富饒的川西平原，東距成都三十多公里，位於天府之國的腹心。全市面積一千多平方公里，有眾多名勝古蹟。

漢字小達人

「崇」字是由一個「山」字和一個「宗」字組成。「宗」字由一個寶蓋頭和「示」字組成，不要將寶蓋頭寫成禿寶蓋。

「崇」字和「祟」（suì）字形近，容易搞混。「祟」字下面是「示」，「示」作為部首時，寫作「礻」，一般和鬼神有關。「祟」字最早是鬼神出沒、為禍人間的意思。後來引申為不正當的行為，用於「鬼祟」、「作祟」等。

漢字小遊戲

請在兩個阿拉伯數字處各填一個字，使這個字可以分別和上下左右四個字組成一個詞。

cuī 崔

「崔」是個形聲字,從「山」,「隹」（zhuī）聲。「崔」字的本義是（山）高大,所以有「山嶺崔嵬」的用法。

作為姓氏,「崔」姓出自西周時期的齊國,有將近三千年的歷史,曾經長期是山東的望族。據說,崔氏出自姜姓。姜子牙的兒子丁公是齊國的第二代國君,他的嫡子叫季子,本來應該繼承王位,但卻讓位給弟弟叔乙,而自己則住到食采地崔邑,後來以邑為氏,就成了崔氏。

　　說起「崔」字，我們往往會聯想到「崔嵬」（形容山高峻），中國地域遼闊，名山大川不勝枚舉。名山首推「五嶽」：泰山雄偉、華山險峻、衡山煙雲千姿百態、恒山奇崛、嵩山翠秀。

　　深山歷來就是佛家、道家崇敬之地，以佛、道參悟人生的同時，也成就了名揚天下的多座名山，如佛教的五台山、普陀山、峨嵋山、九華山；道教的武當山、青城山、龍虎山、齊雲山等。

　　名山也是傳說最多的地方，從三皇五帝、君王大臣到民間的凡夫俗子，都留下了或喜或悲、或愛或怨的美麗傳說。

　　華（huà）山是我國著名的「五嶽」之一，海拔在五嶽中居於第二位。它位於陝西省西安以東一百二十公里的華陰市境內，北臨坦蕩的渭河平原和咆哮的黃河，南依秦嶺。經過大自然風雲變幻的雕琢，華山的千姿百態被生動地勾畫出來。

和高山有關的成語有很多，看看下面這些你都認識嗎？

山窮水盡 ----▶ 山和水都到了盡頭，前面再沒有路可走了，比喻陷入絕境。

高山景行 ----▶ 高山：比喻道德高尚。景行：比喻行為光明正大。高山景行指崇高的德行。

山高水低 ----▶ 指意外發生的不幸事件（多指死亡）。

漢字小遊戲

將崔字與下列偏旁部首組成新字，並試着組組詞。

崔 + 亻 = ◯ ----▶ ▭

崔 + 扌 = ◯ ----▶ ▭

崔 + 王 = ◯ ----▶ ▭

dǎo 島

　　「島」為形聲字，有人在聯想記憶時想到鳥羣遷徙，中途停留休息的水中山頭便是「島」。

　　水中四面環水的小塊陸地稱為島嶼。其中面積較大的稱為島，如我國的海南島；面積特別小的稱為嶼，如廈門對岸的鼓浪嶼；聚在一起的島嶼稱為羣島，如我國的舟山羣島。

漢字故事：瓊華島

　　瓊華島在北京的北海公園，是舊時「燕（yān）京八景」之一。在古代島上堆滿了太湖石，傳說這些太湖石來自宋徽宗園林「艮嶽」。瓊華島上被大量太湖石點綴得幾乎不露黃土，遠望就像是堆滿了白雲，所以瓊華島腳下那座大橋兩端的牌坊，北邊的牌坊名為「堆雲」，是說天上的白雲和島上的白色太湖石交相輝映，宛如仙境一般；大橋南端的牌坊名為「積翠」，是指蒼翠的松柏，這些松柏至今還有遺存。

　　乾隆皇帝曾花費兩千餘兩銀子，在瓊華島建立了一座石碑，正面題刻「瓊島春陰」，背面題刻御製詩篇，前兩句「艮嶽移來石岌峨，千秋遺蹟感懷多」，就是點明了瓊華島上太湖石的來歷。

趣味知識卡

　　因為島遠離陸地，很多的島是在水面上，在缺乏科學知識的古代人看來，海島是神祕的地方。很多神話傳說故事就發生在海島上，如「八仙」的傳說，就發生在蓬萊仙島上。

看到「島」字,我們會發現「島」字與「鳥」字極其相似,只是「島」字的下邊是一個「山」字,而「鳥」字下邊是四點,所以這兩個字千萬不要混淆。在寫這兩個字時,不要忘記中間的一橫,因為那是小鳥的眼。

島鳥

為了方便記憶,可以用如下方法:

島對鳥說:你沒有找到可以停歇的山,

所以只能一直揮舞翅膀。

鳥對烏說:你太黑了,看不到你的眼睛。

漢字小遊戲

考眼力

右面圖框裏的漢字,可以相互組合成新的漢字。

快來挑戰一下,看圖框中總共可以組成多少個漢字?

央	古	庶	漢
下	區	我	九
絲	口	鳥	不
帝	朋	甲	斤

mì 密

「密」為形聲字,「山」用來表示含義,「宓」(mì)用來表示讀音。我們熟悉的「密」字,常見於「祕密」、「茂密」,可為甚麼字裏有「山」呢?

原來,古人創造「密」字時,用它指形狀像堂屋的山。山幽深隱蔽,像藏着隱祕的東西,所以「密」字引申出祕密的意思。

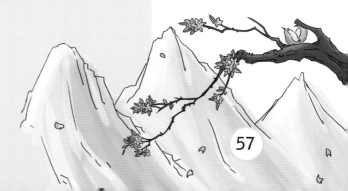

　　黨項族為古羌族中的西羌分支，也稱為黨項密納克，原居住在今西藏、青海、四川等省區的交界地區方圓三千餘里。隋末唐初，黨項族開始興盛起來。黨項密納克族人後來在西夏王朝建立以後，迅速歸攏於西夏王朝，其中有許多人出任西夏重臣。由於西夏王朝崇尚漢文化，因此以「黨項密納克」為漢化姓氏，並取諧音漢字「密」為姓氏。

趣味知識卡

　　《新華本草綱要》中有一種叫密花樹的植物，它的葉或根皮可入藥，能清熱利濕、涼血解毒。其葉片呈革質，矩圓狀披針形或倒披針形，生在海拔650—2400米的混交林中或苔蘚林中，有時也出現於林緣、路旁等灌木叢中。它在我國從西南各省、華東至台灣都有分佈。

我們總容易將「蜜蜂」的「蜜」與「密」字混淆，「蜜」字下面是一個「蟲」字，說明「蜜」字與昆蟲動物有關。「蜜」在古代最初指的便是蜜蜂。由於蜜蜂會採花蜜，於是，「蜜」引申出「蜂蜜」的含義。由於蜂蜜甜美，所以「蜜」又有了「甜蜜」的用法。而「密」的下邊是一個「山」，與山有關。只要分清這幾點，就不會再把它們弄混了！

蜜 密

漢字小遊戲

選字填空

| 密 | 祕 | 蜜 | 覓 | 謐 |

靜　　　　室　保　　　　方

尋　　採　　　　佈　　魯

　　食　甜　　　　寧　　蜂

xiá 峽

　　「峽」字一個「山」，一個「夾」，指的是兩山夾水處，如我國的長江三峽、黃河中遊的三門峽。

　　後來，「峽」引申為「兩山之間」，指「峽谷」。

　　傳說古時候麗江統治者——木老爺富極一時，身邊有不少能人才子，其中有一個特別會算命。

　　一天，他替木老爺算命，說木老爺生時大富大貴，但是死後卻無棺材可用。木老爺從此在他所經之地，每隔十里地就放置一口棺材。一天，天氣極好，木老爺心情極佳，於是騎着自己的坐騎——一頭老虎，沿金沙江邊走去。一人一虎到了一個較狹窄的地段，老虎縱身一躍，往江中間的一塊大石頭上跳去。老虎着陸了，木老爺卻掉入了滾滾江水中。

　　時至今日，木老爺和他的老虎早已不知去向何處，但是卻為後人留下了虎跳峽、虎跳石這些充滿想像的名字。

趣味知識卡

　　長江三峽，人傑地靈。這裏是中國古文化的發源地之一，曾孕育了著名的大溪文化；三峽大壩所在的西陵峽南岸——秭歸，是愛國詩人屈原和美女王昭君的故鄉；李白、白居易、蘇軾、陸游等詩聖文豪都曾徜徉於三峽的青山碧水間，留下千古傳誦的詩章；大峽深谷，曾是三國古戰場，是無數英雄豪傑馳騁征戰之地；這裏還有許多名勝古蹟，如白帝城、黃陵廟、南津關……

「俠」是單人旁，說明這個字與人有關。它在古代指見義勇為、鋤強扶弱的人，用於「俠客」。

俠 峽

不要將「峽」與「俠」弄混，它們一個是山字旁，一個是單人旁，區別很大哦！

考考你，看看你能不能把適當的字填在相應的空格裏，把成語補充完整。

碧

bì 碧

　　「碧」字，形聲字。左上角的「王」其實是古代的「玉」字。「碧」字的本義是青綠色的玉石。「碧」字可以用在很多詞語中，表達不同的意思，如「碧澄」表示河水碧藍而明淨；「碧海青天」用來形容天水一色，無限遼遠；「碧落」表示天上，泛指宇宙的各個角落；還有我們所說的「碧綠色」指的是青綠色等等。

很早以前，蘇州洞庭山上住着一位美麗的姑娘，名叫碧螺。洞庭山東面住着一位以打魚為生的小伙子，名叫阿祥。兩人相愛着，可惜好景不長，太湖中出現了一條惡龍，要碧螺姑娘做牠的妻子，如不答應，牠便興風作浪，讓人民不得安寧。阿祥得知此事後，便決心為民除害。

阿祥與惡龍搏鬥多時，最後將惡龍殺死，但他也因流血過多而昏迷。碧螺姑娘為救阿祥便上洞庭山尋找草藥。她在山頂發現一株小茶樹，雖時值早春，芽葉卻已經長得很大了。她採下幾片嫩葉，回家泡水給阿祥喝。阿祥喝下後頓覺精神一振，病情逐漸好轉。

於是，碧螺姑娘便上山把小茶樹上的芽葉全部採下，將芽葉慢慢烘乾，泡茶給阿祥喝。阿祥喝了這種茶水後，身體很快康復，然而碧螺姑娘卻一天天憔悴下去。最終，她倒在阿祥的懷裏，再也沒有醒過來。

阿祥悲痛欲絕，他把碧螺姑娘安葬在洞庭山上。從此，山上的茶樹越長越旺，品質也格外優良。為了紀念這位美麗善良的碧螺姑娘，鄉親們便給這種茶葉取名為「碧螺春」。

　　碧螺春是中國「十大名茶」之一，關於它的名字由來，有着很美麗的傳說。它最早產於蘇州市的太湖洞庭山，但「碧螺春」這個名字其實是當年康熙皇帝所賜。

漢字小達人

跟「碧」字一樣，與玉石有關的詞語，還有：

金枝玉葉 ----▶ 舊指皇族，也指出身高貴的公子小姐。

金玉良言 ----▶ 比喻像黃金和美玉一樣寶貴的忠告或教誨。

冰清玉潔 ----▶ 比喻高尚純潔。

金科玉律 ----▶ 比喻不能變更的信條或法律條文。

漢字小遊戲

成語接龍

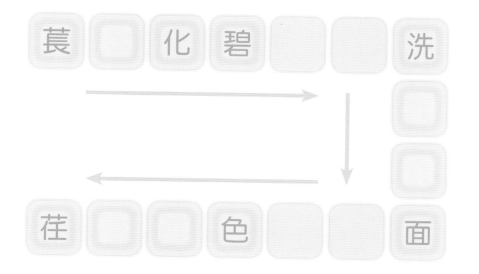

kǎn 砍

「砍」字是指用刀斧猛劈，在原始社會裏，人們製造的工具多用石頭製成，所以「砍」字是石字旁。

砍刀又名斬馬刀，是一種刀身為月牙形的刀，用於砍或剁。砍刀從唐代橫刀演變而來，傳至宋代成為有名的步戰用刀。名將岳飛就曾以行動遲緩的步兵擊敗快速神勇的金兵鐵騎，其中將士們用的武器就是改良過的古斬馬刀（鉤鐮槍）。

你有聽說過「磨刀不誤砍柴工」的故事嗎？話說兩個樵夫阿德和阿財一起上山砍柴。阿德認為多砍一捆柴就多一份收入，決定每天都早點上山；阿財則在回家以後，抓緊時間磨刀。

第二天，阿德比阿財先到山上，阿財雖然較遲上山，砍柴的速度卻比昨天快，不一會兒就追上了阿德的進度。一天又結束了，阿德只砍了六捆柴，而阿財除了所砍的九捆柴，還採了一些野山楂。

阿德再也忍不住問道：「我一直很努力地工作，連休息的時間也沒有。為甚麼你砍的比我還多還快呢？」阿財看着他笑道：「工欲善其事，必先利其器。我經常磨刀，刀口鋒利；而你從來都不磨刀，刀越來越鈍。所以雖然費的力氣可能比我還多，但是砍的柴比我少。」

趣味知識卡

看到「砍」字，我們會聯想到兵器。作為兵器起源的石兵器，經歷了漫長的年代，是原始社會晚期和夏代軍隊使用的主要兵器。石器時代製造的兵器雖然以石材為主要原料，但是也大量利用動物的骨、角、木、竹等作為兵器的製作材料。

和「砍」字一樣是石字旁的還有「研」字。我們熟悉的「研」字是「研究」的意思,為甚麼「研」字也是石字旁呢?

因為「研」字在古代,最初指用石頭將一些東西慢慢磨成粉末。鑽研問題的過程就像研磨,緩慢但卻精細,所以才慢慢有了「研究」、「鑽研」的用法。是不是很形象化?

請在兩個阿拉伯數字處,各填一個字,使這個字可以分別和上下左右四個字組成一個詞。1—2這兩個字,還可以組成一個詞語呢!

pò 破

漢字的祕密

　　「破」字的本義是指石頭開裂、破碎、碎裂。常用的詞語有：「破碎」，指不完整；「破綻」，指事情或說話的漏洞或矛盾；「破讀」，同一個字形因意義不同而有兩個以上的讀音，我們把常用的讀音之外的讀音稱為「破讀」。

在秦朝末年，秦派兵攻打復國後的趙國。趙軍不敵後退守鉅鹿，被秦軍包圍。這時，被項梁、項羽叔侄等各路義軍擁立的楚懷王任命宋義為上將軍、項羽為副將，讓他們帶領軍隊前去援救趙國。但是，宋義把兵帶到安陽就不再前進了。

宋義嚴令軍中不准輕舉妄動，卻又宴請賓客大吃大喝，而士兵、百姓則忍饑挨餓。項羽實在忍不下去，便殺死了宋義，下令全軍渡河救援趙軍。

為一戰必勝，項羽下令把所有船隻鑿沉，把煮飯的鍋都打破，把營房都燒掉，只攜帶三天的乾糧。眼見沒有退路，將士們決定與秦軍決一死戰，經過九天激戰，最終取得鉅鹿之戰的勝利。

李白的一首詩中這樣寫道：「長風破浪會有時，直掛雲帆濟滄海。」意思是：儘管前路障礙重重，但仍將會有一天乘長風破萬里浪，掛上雲帆，橫渡滄海，到達理想的彼岸。一個「破」字強有力地突出了人們想要衝破困難，取得成功的人生目標。

「一語破的（dì）」指一句話就說中要害。這個成語裏的「的」為甚麼不念「de」呢？因為「的」念「de」時，是結構助詞，用於「美麗的藍天」等用法。但「的」讀作「dì」時，指箭靶的中心。「一語破的」就是說一句話切中要害，就像直接射中箭靶的中心。

同樣用法的詞還有：眾矢之的、有的放矢。

左面是含有「破」字的成語，請把字填在相應的空格裏，把成語補充完整吧！

yàn 硯

　　硯，也稱硯台，是漢族傳統的文房用具，始於漢代，是「文房四寶」之一。古人以筆蘸墨寫字，筆、墨、硯三者密不可分。硯台多用石頭製成，所以是石字旁。

　　「硯」雖然在「筆墨紙硯」的排名中位居殿軍，但從某一方面來說，卻居領銜地位──硯質地堅實，能傳之百代。

72

　　五代時期，讀書人桑維翰一心想考取進士。第一次考試時，主考官迷信，覺得「桑」與「喪」同音，認為「桑維翰」這名字不吉利，就沒將他錄取。第二次他寫《日出扶桑賦》大讚扶桑，結果還是沒被錄取。朋友勸他通過其他途徑做官，但他訂製了一塊鐵硯，說只有磨穿它後才會想別的辦法，以表自己立志不改、持之以恆地去考取功名的決心。

趣味知識卡

　　硯，也稱「硯台」，被古人譽為「文房四寶之首」。製作硯的材料有陶、泥、磚瓦、金屬、漆、瓷、石等，但最常見的還是石硯。

　　可以用於製作硯的石頭種類極多，我國地大物博，到處是名山大川，自然有多種石頭。產石之處，必然有石工，所以產硯的地方遍佈全國各地。

　　最著名的硯有廣東端硯、山東魯硯等。硯台講究的是質地細膩、潤澤淨純、晶瑩平滑、易發墨而不吸水，產於有山近水之地者為佳。

筆 ----▶ 古代用竹子製作筆，所以是竹字頭。

墨 ----▶ 古人用油煙、松煙製作墨錠。黑色的煙粉像細土一般，所以「墨」字是土字旁。

紙 ----▶ 在蔡倫改進造紙術之前，人們用紡絲工藝中漂洗蠶繭時附在筐上的絮渣來製造紙張。所以「紙」字是絞絲旁。

硯 ----▶ 用石頭製成硯台，所以是石字旁。

以下是含有「硯」的詞語，請把字填在相應的空格裏，把這些詞語補充完整。

hùn 混

　　「混」字是三點水旁，所以與水有關，本義是「水交流後水勢盛大」。後來從水交融引申出「混雜」、「混同」的意思。

　　「混」字有時會組詞成「混為一談」，解釋為「把不同的事物混在一起，說成是同樣的事物」。

　　從前，有個叫滿意的人，用所有積蓄買了一顆大珍珠。回到家後，他把大珍珠放進一個特製的盒子裏，好好地收藏起來。只有在過年時，他才拿出來給朋友欣賞。滿意有個叫壽量的鄰居，家裏也藏有一顆祖傳的大珍珠。

　　不久，兩人都得了一種怪病，臥牀不起。看了很多位醫生，吃了很多藥，病情仍不見好轉。一日，街上來了一個據說能治各種疑難雜症的郎中。兩家人分別將其請到家中，郎中看完病後，說此病需要以珍珠粉來合藥，才能徹底治癒。他留下一個藥方，便匆匆走了。可是滿意怎麼也捨不得那顆稀世珍珠，所以就只吃了藥方上其他的藥，壽量則吃了用家傳珍珠粉合的藥。

　　兩人的病情還是沒有起色，於是就再請郎中前來看病。郎中得知滿意並未服用珍珠粉後一看，發現他的珍珠的確是稀世之寶。而郎中一看壽量的珍珠粉就說：「這是海洋中一種大魚的眼睛，以魚目冒充珍珠，哪能治好你的病呢？」難怪，儘管用了「珍珠粉」，壽量的病還是沒治好。

混水摸魚，比喻趁混亂的時候從中撈取不正當的利益。近義詞有趁火打劫、乘虛而入、乘人之危等。其實，這個詞本應寫作「渾水摸魚」，「渾水」指渾濁的水。

漢字小達人

説起「混」字，我們經常將它與「渾」字混淆，我們來分析一下它們有甚麼不同之處。

這個「渾」字，多解釋成渾濁的、髒的，而「混」字則意為摻雜、蒙混、苟且地生活等。我們只要謹記這點，就能夠將字寫對。

漢字小遊戲

選字填空

混　　渾

□為一談　　□然不覺

□淆是非　　□魚目□珠

□身解數　　□水摸魚

she 涉

步（金文）

「涉」字是會意字。「步」字在金文字形裏，就像一前一後邁步前進的兩隻腳，取其行走的意思。「涉」字在古文字形中，中間是水，兩邊是兩隻腳，像人光腳涉水，本義是「蹚水過河」。單看「涉」字，它是由三點水旁和「步」字組成的，所以我們可以理解為「用腳走着過河」。

除此之外，「涉」字還有「牽連」、「關聯」等意思。隨着「涉」字的演變，現在多用來表示「關聯到」、「牽連到」的意思。

漢字故事：荊人涉澭

《呂氏春秋》中有一則「荊人涉澭（yōng）」的典故。

荊人就是楚國人，當時楚國軍隊要渡河去偷襲宋國，派人先在澭水裏設立標記。

想不到河裏的水突然上漲，楚軍不知，還是順着原來的標記在夜間渡河，結果有一千多人落水，慌亂間楚軍驚恐萬狀，潰不成軍。這樣不加變通地沿用本來的標記，結果當然是慘敗。

自此以後，「荊人涉澭」就用來形容做事墨守成規的人。

趣味知識卡

涉縣位於太行山東麓，河北省西南部，晉冀豫三省交界處，是晉煤外運的主要通道，是區域內重要的交通樞紐之一。涉縣素有「秦晉之要衝，燕趙之名邑」之稱，自古便是商人雲集、兵家必爭之地。

我們經常將「涉」與「踄」（bù，義同「步」。）字混淆，它們一個是三點水旁，和水有關；另一個是「足」字旁，與行走有關。只要分清這點，這兩個字就不容易混淆了。

涉踄

考眼力

下面圖框裏的漢字和偏旁，可以相互組合成新的漢字。比如，「彳」與「正」可以組成「征」字。

快來挑戰一下，看下面的圖框中總共可以組成多少個漢字吧！

氵	止	少	土
火	木	彳	夂
日	彳	正	口
十	立	禾	斤

xiè 泄

漢字的祕密

　　「泄」字的部首為三點水旁，當然與水有關。

　　「泄」字用來形容水，像「泄洪」等。但是，「泄」字也有另外不同的意思，例如：「發泄」，用來形容人激烈地表達自己的情緒；「泄漏」，表示液體或氣體從密封的東西中流出來。

人們用「融融泄泄」形容和樂舒暢。「泄泄」（yì
yì），和樂的樣子。

春秋時期，鄭國鄭莊公打敗其政敵共叔段。共叔
段是莊公的弟弟。鞏固了王位以後，莊公怨恨母親姜
氏不顧母子情義，偏愛弟弟，還幫助他奪取王位，便
要姜氏遷居城穎（今河南臨縣西北），並立誓說：「不
到黃泉不再見！」

但對方畢竟是自己的生母，沒過多久，莊公便後
悔起來。可一國之君的誓言不可輕易違背，該如何是
好呢？大夫穎考叔出了個主意：讓人挖一條大隧道，
挖到出泉水了，不就是「黃泉」了嗎？

莊公依計行事，母子二人果然在隧道裏相見了。
莊公非常高興，唱道：「隧道中拜見母娘，孩兒心頭樂
融融。」姜氏也應聲道：「隨兒走出隧道外，為娘心頭
樂泄泄。」成語「融融泄泄」便出自莊公及姜氏的對話。

　　鄭莊公即位之後，由於鄭國勢大，周天子企圖分解鄭莊公權力，便率領多國聯軍攻打鄭國。可是鄭莊公多次取得勝利，使得鄭國空前強盛，就連當時的大國齊國也跟着鄭國東征西討，因此鄭莊公被稱為「春秋小霸」。

漢字小達人

　　「泄」字與「瀉」字意思相近，所以經常被混淆，那麼我們來分析一下它們的不同之處。「泄」字可以用作表示氣體的泄漏，或一個人情緒上的發泄。而「瀉」多只是用於形容水，表示水噴湧而出的壯闊之景，如「傾瀉」、「一瀉千里」。

漢字小遊戲

選字填空

發　　　　　傾　　　　　　　洪

水　　不通　　　　露天機

一　　千里　　噴雲　　霧

涯

yá 涯

「涯」字，指水邊，泛指邊際，用法有「涯際」、「涯岸」、「涯垠」等。

「涯」字也引申為極限的意思，比如「書山有路勤為徑，學海無涯苦作舟」。這句名言，常常出現在對聯中。自古以來，不少名人將自己勤奮讀書的決心寫成對聯，用以自勉或互勉。

宋代學者劉載好學不倦，知識淵博，他的書齋配掛一副自書對聯：「夜眠人靜後，早起鳥鳴先。」以說明學習的勤奮和刻苦。

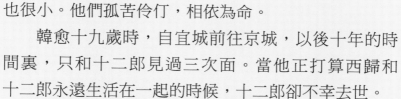

韓愈是唐代的偉大文學家，他兩歲時父親就過世了，不久，母親又故去，只能依靠哥哥韓會和嫂嫂鄭夫人過活。韓會有一個兒子，叫老成，排行十二，所以小名叫十二郎，年紀比韓愈小一點。

韓會四十二歲的時候，病死在韶州。這時的韓愈只有十一歲，十二郎也很小。他們孤苦伶仃，相依為命。

韓愈十九歲時，自宜城前往京城，以後十年的時間裏，只和十二郎見過三次面。當他正打算西歸和十二郎永遠生活在一起的時候，十二郎卻不幸去世。

韓愈知道了這個消息後悲痛欲絕，寫了一篇《祭十二郎文》，祭文中有「一在天之涯，一在地之角」的句子，後人便將其引申成「天涯海角」。

海南省的天涯海角景區巨石聳立，有眾多石刻。清康熙年間，欽差大臣苗曹湯巡邊至此，命人刻下「海判南天」，這是天涯海角最早的石刻。「海判南天」石刻對面，有一尊高約七米、雄峙於大海的圓錐形巨石，為著名的「南天一柱」景觀，「南天一柱」四個大字是由清代崖州知州范雲梯題刻的。

涯崖

提起「涯」字，我們不妨將「涯」、「崖」這兩個字一起來看，因為這兩個字長得極其相似，但是它們的意思卻又不同。涯，多指水邊，如「涯岸」；崖，多指山邊，如「山崖」。

成語接龍

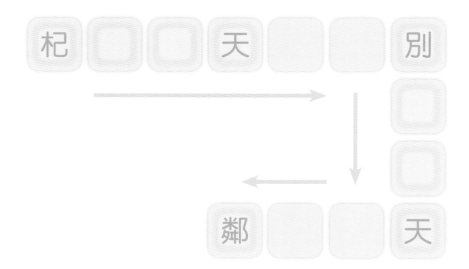

杞　　　天　　　別
鄰　　　　天

chí 池

漢字的祕密

　　「池」字最初的意思便是水塘，即我們熟悉的池塘。

　　「池」字還有第二個意思：古人建城時，為了抵禦外來軍隊的進攻，會在城牆外面挖一條護城河。這條護城河也叫作「池」，所以有「城池」的用法。

意大利羅馬市內的許願池，又叫作幸福噴泉，原名是特萊維噴泉，據說會帶給人們幸福。

這個雄偉的噴泉雕像講述的是海神的故事，背景建築是一座海神宮，中間立着的是海神，兩旁則是水神，海神宮的上方站着四位少女，分別代表着四季。每一個雕像神態都不一樣，栩栩如生。

諸神雕像的基座是一片看似零亂的海礁。噴泉的主體在海神的前面，泉水由各雕像、海礁石之間湧出，流向四面八方，最後又匯集於一處。

趣味知識卡

天山天池，古稱「瑤池」，地處新疆維吾爾自治區昌吉回族自治州阜康市境內，是以高山湖泊為中心的自然風景區。「天池」一名來自乾隆四十八年（公元1783年）烏魯木齊都統明亮的《靈山天池統鑿水渠碑記》。傳說三千餘年前穆天子曾在天池之畔與西王母歡筵對歌，所以天池獲得「瑤池」美稱。

我們不要將池水的「池」與奔馳的「馳」弄混，它們一個是三點水旁，一個是「馬」字旁，「馳」代表着「走、跑」的意思，多用於奔馳、飛馳的意思。

池 馳

將下列偏旁和部首連線組成漢字

弓　　　　　原

頁　　　　　長

山　　　　　宗

石　　　　　也

氵　　　　　皮

基

　　中國人比較注重追本溯源，認為所有事情都是一點一滴累積而成的，因此常說：「合抱之木，生於毫末；九層之台，起於壘土；千里之行，始於足下。」

　　「基」這個字的本義是「牆開始的地方」，也就是牆腳，進而引申出「基礎」的含義。

　　「基」是上下結構，只有下層的土牢固了，上層才能以此為依託建造起來，否則就會有坍塌的危險。因此，不論任何事情，都要打好基礎才能穩步前進。

90

　　貞觀初年，京師大旱，蝗蟲嚴重影響百姓的生活。一天，當時的皇帝唐太宗李世民視察災情，隨手捉住幾隻正在蠶食禾苗的蝗蟲說：「人吃稻穀才能活着。你們要是吃了禾苗，就害了百姓。你們不如吃掉我的心，不要去殘害百姓。」說着就要將蝗蟲吞食，旁邊的人急忙攔住，怕他得病。唐太宗說：「朕希望把災害移到自己身上，不在乎會不會生病。」於是就將幾隻蝗蟲吞了。

　　正因為愛民如子，後人便把他統治的時期美稱為「貞觀之治」。他認為統治者與人民就是「舟與水」的關係，認為國家的根基在於天下百姓。因此，他減免徭役和賦稅，讓百姓們能夠隨心所欲地耕種，保證百姓溫飽，方能國泰民安。

　　「貞觀之治」是指唐朝初期出現的太平盛世。由於當時的皇帝唐太宗李世民善於重用賢能人士，虛心聽取建議，並且採取了以農為本、減輕徭役、休養生息、厲行節儉等政策，使當時的社會出現了一片祥和安寧的景象。

「其」是個變化多端的獨體字，與其他偏旁組合可以變身為很多漢字，比如「箕」、「萁」、「基」、「欺」等。並且，它們大多是形聲字，由形符和聲符組成，「其」充當聲符的作用，再加上不同的部首，不僅讀音不同，意思也會相差甚遠。

下面的偏旁有一些可以和「其」字組成一個新字，大家快來找找吧！

xíng 型

　　在古代，人們鑄造器物時，為了能製造出基本相同的器物，便先用土製成一個模子（múzi），然後按照模子的大小和樣子來一個個製作器物。這樣，古代人們雖然沒有現代化的機器生產，製作出來的器物也能夠大致相同。這種模子便稱為「型」。

　　東漢末年，朝廷腐敗，為了反抗朝廷，起義軍們頭戴黃巾，準備起義。東漢皇帝為了鎮壓「黃巾軍」，下令各地招收新兵。有一天，劉備正在看招兵的告示，身旁擠過來一個粗壯、黑臉、高個兒的人，名叫張飛，兩人便商議一起去參軍。正當他們二人來到一家酒館喝酒時，一個紅臉大漢進來了，劉備看看他的長相：丹鳳眼，臥蠶眉，身材高大，非常威風，就請他一起喝酒，才知道這個人是因為殺了本地的惡霸才逃出來的。劉備邀約說：「我們一起幹一番事業吧！」

　　於是，三個人喝完酒，一起來到桃園，對天發誓，結為兄弟，這就是著名的「桃園三結義」故事。

　　劉備一眼就能看出關羽、張飛是講義氣之人，可能與他們的臉型長相有關呢！

　　古代對不同眼型、眉型有很多種稱謂，我們一起來了解一下吧！

　　「杏仁眼」的女生可愛、好看；「丹鳳眼」是古代公認的美人眼；「弔腳眼」的人比較潑辣。

　　「柳葉眉」兩頭尖，呈柳葉形，多是形容好看的女子的眉毛；「八字眉」的人多是武夫，性格比較粗獷。

「型」與「刑」兩個字都是古代的姓氏，雖然讀音相同，但是由於部首不同，字義還是有很大差別的，「刑」字指「懲罰」，古代刑罰用刀等利器，所以部首為「刂」。

型 刑

下面的漢字非常淘氣，用錯別字迷惑我們的雙眼。你是不是具備火眼金睛呢？我們一起來找出錯誤的漢字吧！

型狀　　模形

形罰　　外型

zuò

坐

　　古人坐下來時常常雙膝跪地，把臀部靠在腳後跟上。在當時，不像現在有沙發、椅子等各種坐具，人們都是席地而坐。因此，「坐」的下半部分是「土」字，上半部分像是相對而坐的兩個人。

大家知道嗎？古代皇帝講究「坐北朝南」。這裏「坐」的意思是「背對着的方向」。這是從風水學而來的。古代常常把南看作是至尊方位，所有的宮殿和廟宇建造時一定是朝向正南，帝王的座位也必須是坐北朝南。

如今，人們蓋房子也很關注朝向，講究坐北朝南，這和我國所處的地理位置分不開。由於我國處在北半球，大部分陸地位於北回歸線以北。因此，一年四季的陽光都由南方射入，窗戶朝向南方的屋子就便於採光。陽光不但有利於取暖，還能增強人的體質。

趣味知識卡

在古代，漢族席地而坐，椅子是從歐洲傳過來的。中國人是從元朝開始才坐椅子的，明朝以後才慢慢普及。

坐 座

「坐」與「座」看起來很相似，大家千萬不要弄混。「坐」是兩人為了休息，坐在地上；「座」是名詞，用於「寶座」、「茶座」等。

考眼力

下圖中藏了好多成語，快找出它們吧！

例：坐井觀天

金	戈	鐵	騎	以
望	容	二	虎	卵
洋	磊	坐	難	擊
興	落	井	下	石
歎	為	觀	止	破
長	呼	天	搶	地

léi 雷

下雨時，帶異種電荷的兩朵雲摩擦，發出巨大的聲音就是「雷」。

後來從本義中引申出軍事上用的爆炸武器，如地雷、魚雷等。爆炸武器爆炸時聲音非常大，因此它們之間聯繫還是很緊密的。

「雷」還是一個常見的姓氏，大家記住了嗎？

漢字故事：不越雷池一步

「不越雷池一步」是我們經常聽到的成語，它的意思是，做事不敢超越一定的界限和範圍。

這個成語來源於東晉時期。話說晉明帝皇后的哥哥庾亮執掌朝政時，西部邊境很不安寧，庾亮便派大臣溫嶠到江州任刺史守衞邊境。恰逢蘇峻發動叛亂，溫嶠忠於職守，就立即向庾亮申請回朝，保衞京城。

庾亮給他回信說：「你一定要全力固守江州，千萬不要超越雷池來京城。」當時的雷池是安徽省裏的一個湖。於是溫嶠便在江州按兵不動。但是，庾亮低估了蘇峻的力量，領地陷入了蘇峻之手。

無奈之下，庾亮趕緊去投奔溫嶠。最後，溫嶠身先士卒，奮力殺敵，終於擊退了叛軍，平定了叛亂。

趣味知識卡

古時候，人們把雷公看作是主宰萬物的神，他們把隆隆的雷聲看作是萬物復蘇生長之機。這是因為人們發現，雷聲只有在春夏兩季才有，到秋冬就沒有了。

電（金文）

古人造字，因為不同時代有不同的理解，漢字都經歷過一番演變。「電」字也是如此。看現在的「電」字，不容易看出為甚麼這麼書寫。其實，「電」字上面是「雨」，下面其實表示雨中閃電。

當你對某個漢字的寫法產生困惑時，不妨看看它最初的模樣，也許就能明白古人在創造它時的想法了。

明白了「不敢越雷池一步」的意思，與這個成語意思相近的還有很多成語，大家都了解嗎？比如「原地踏步」等，把你們學過的這個成語的近義詞和反義詞寫在下面的空白處吧！

近義詞：

反義詞：

xū

需

「需」是由「雨」和「而」組成的，它們之間有甚麼關係呢？從上面「需」字的古字形可以看出，「需」字就像一個人在路上行走，突然下起大雨，難以行進，只好停留等待。因此，「需」的本義是「等待」，不過這一含義現在已經不再使用。下雨天，人們當然需要一些雨具遮雨，於是「需」又引申出「需求、必需、急需的財物」等意思。

漢字故事：陳勝的起義之路

　　秦二世時期，秦朝派平民百姓戍守漁陽，當隊伍走到大澤鄉時，遇上大雨無法前進，不能如期而至。按秦法規定，誤了期限要全部處死，擔任屯長的陳勝、吳廣很着急，他們想：大丈夫要死得轟轟烈烈，既然逃走是死，不逃也是死，不如舉旗造反！於是，他們帶領戍卒號召天下人起義，巧設「魚腹丹書」、「篝火狐鳴」等收買人心之策，聲言「大楚興、陳勝王」。

　　起義軍攻佔陳縣後，陳勝自立為王，國號張楚。其後，他派周文為將軍攻打秦軍，但秦軍兵車千乘，士兵幾十萬，周文將軍不敵，只得自殺。因為寡不敵眾，陳勝、吳廣的起義以失敗告終。

趣味知識卡

　　你知道「鴻鵠之志」這個成語的來歷嗎？話說陳勝和別人一起被雇去耕地，休息時歎息了很久說：「如果有一天誰富貴了，可不要忘記老朋友啊！」其他雇工們笑着說：「你是個被雇來耕地的人，哪來的富貴呢？」陳勝長歎一句說：「燕雀怎麼能知道鴻鵠的志向呢？」

「必須」和「必需」是兩個音同而形和義都不同的詞，在使用時常常混淆，那我們如何區分兩者呢？

「必需」是「一定得有」的意思，是不可缺少的，如平日生活中所需的衣、食、住的生活必需品。「必須」表示必須做甚麼事情，事理和情理上的必要，意思是「一定得要」，如：學習必須刻苦鑽研。

「必需」是動詞，可以單獨使用，如，生活必需品。而「必須」是助動詞，它只能和其他動詞合起來一起使用，如：決定了的事情必須做到。

大家都明白「必須」和「必需」的區別了嗎？下面有幾個句子，讓我們一起用這兩個詞來填空吧！

水是我們生活的　　　　　　品。

作為祖國的未來棟樑，我們　　　　　　努力學習。

朋友　　　　　　以誠相待。

líng 零

　　說到「零」字，「雨」是它的形符，而「令」是它的聲符，「天上的細雨徐徐而下」就是「零」的本義，後來引申出「雨、霜、露等的降落」的意思。

　　看到雨滴或雪花從天而降的姿態，不由得讓人們心生感慨，產生一種凋落感。於是，這個字也常與大自然中的草木相關，有「草木凋零」等用法。

　　由於降落的事物都是零散的、不完整的，「零」又引申出「零碎、小數目」的意思。

105

　　春秋時期，齊國的相國晏子，能言善辯又機智。有一次他出使楚國，因為身材矮小，所以楚國的門衛想戲弄他，就在大門旁開了一個只夠讓狗通過的小門讓晏子鑽進去，晏子看到後說：「我是來訪楚國的，難道楚國是狗國嗎？如果不是，那我就應該從大門進去。」楚國的門衛無話可說，只好讓他從大門進去。

　　晏子見到楚王，楚王想取笑他，說：「難道齊國沒有人了嗎？怎麼派你這樣的人來？」晏子說：「齊國的人多得每人張開衣袖就形成一片陰涼，甩一下汗水就像下雨一樣，一到街上就肩靠肩、腳碰腳。」楚王說：「那為甚麼派你來？」晏子不客氣地說：「我們派人的依據是出訪國家的好壞，我是最差的使者，就到楚國來了。」楚王後來再也不敢戲弄晏子了。

　　「揮汗如雨」後指天氣太熱，流汗很多。

趣味知識卡

　　戰國時期的愛國詩人屈原《離騷》中有這麼一句：「惟草木之零落兮，恐美人之遲暮。」意思是想到草木不斷地在飄零凋謝，不禁擔憂美人也會日益衰老。

「令」和「今」只有一點之差，但是它們的意思可大不一樣。「零」字在書寫的時候，如若缺少「令」下面一點，就像缺少了稀稀落落的小雨點，就不能組成正確的漢字了。

另外，阿拉伯數字「0」有「零」和「〇」兩種漢字書寫形式，大家記住了嗎？

「雨」字只要添加一個字，它就會神奇變身為很多的漢字哦，你們會寫幾個這樣的字呢？

漢字小遊戲

參考答案

焦 **P23**
亨、木、前、列、
昭、孰、喜、能、
壽、敖、者、隹。

防 **P8**
防微杜漸、
漸入佳境、
生龍活虎、
虎踞龍盤。

炎 **P26**
森、轟、昌、呂、
品、喆、晶、圭等。

降 **P11**
好、和、待、侍、
時、肋、明、碩等。
形聲字：待、侍、
時、肋、碩。

災 **P29**
幸災樂禍、
滅頂之災、
無妄之災、
天災人禍。

阱 **P14**
避阱入坑、
投井下石、
落井下石、
造謀佈阱。

炙 **P32**
魚肉百姓、親如骨肉、
骨肉相連、皮開肉綻、
心驚肉戰、酒肉朋友。

陰 **P17**
陰謀詭計、陰陽怪氣、
陰錯陽差、陰山背後、
陰疑陽戰、陰服微行。

暴 **P35**
（不分次序）
曝（bào）、瀑（pù）。

煩 **P20**
項、預、頂、領、
順、頑、頓、頜。

109

旱 P38
昊、時、旰、曬、早、曝、明等。

恒 P41
忄+亘=恒、日+亘=晅、
艸+亘=萱、女+亘=姮、
土+亘=垣、氵+亘=洹、
山+亘=峘、口+亘=咺、
火+亘=烜、木+亘=桓。

景 P44
日+月=明、穴+工=空、
車+侖=輪、口+今=吟、
工+頁=項、火+頁=煩等。
形聲字：空、輪、吟

崇 P50
宗、山。

崔 P53
催→催促、
摧→摧毀、
璀→璀璨。

島 P56
鴛、鷗、鴣、鷗、
鴨、鳩、鷥、鵬、
否、嚙、呷、嘔、
嚤、咕等。

密 P59
靜謐、密室、保密、
祕方、尋覓、採蜜、
密佈、祕魯、覓食、
甜蜜、寧謐、蜂蜜。

峽 P62
聞名遐邇、瑕不掩瑜、
瑕瑜互見、匣劍帷燈、
應接不暇、心胸狹窄。

碧 P65
萇弘化碧、碧空如洗、
洗心革面、面不改色、
色厲內荏。

砍 P68
砍、柴。

破 P71
破釜沉舟、破爛不堪、
破鏡重圓、破涕為笑、
破琴絕弦、破膽寒心。

硯 P74
筆墨紙硯、磨穿鐵硯、
筆耕硯田。

混

混為一談、渾然不覺、
混淆是非、魚目混珠、
渾身解數、渾水摸魚。

涉

沙、沐、休、汩、
汁、政、秒、泣等。

泄

發泄、傾瀉、
泄洪、水泄不通、
泄露天機、一瀉千里、
噴雲泄霧。

涯

杞人憂天、
天壤之別、
別有洞天、
天涯比鄰。

池

弓+長=張、心+原=願、
山+宗=崇、石+皮=破、
氵+也=池。

基

萁、棋、琪、基等。

型
P95

形狀、
模型、
刑罰、
外形。

坐
P98

望洋興歎、落井下石、
坐井觀天、騎虎難下、
以卵擊石、歎為觀止、
呼天搶地。

雷
P101

近義詞：故步自封、
　　　　一成不變、
反義詞：推陳出新、
　　　　大步流星。

需
P104

必需、必須、必須。

零
P107

雪、霾、霖、雯、
霧、需、電等。

□ 責任編輯：劉綽婷
□ 裝幀設計：立青
□ 排　版：陳美連
□ 印　務：劉漢舉

漢字總動員 01
日月山川

□
著者
《中國漢字聽寫大會》欄目組

□
出版
中華教育
香港北角英皇道 499 號北角工業大廈一樓 B
電話：(852) 2137 2338　傳真：(852) 2713 8202
電子郵件：info@chunghwabook.com.hk
網址：http://www.chunghwabook.com.hk

□
發行
香港聯合書刊物流有限公司
香港新界大埔汀麗路 36 號
中華商務印刷大廈 3 字樓
電話：(852) 2150 2100　傳真：(852) 2407 3062
電子郵件：info@suplogistics.com.hk

□
印刷
美雅印刷製本有限公司
香港觀塘榮業街 6 號 海濱工業大廈 4 樓 A 室

□
版次
2017 年 5 月第 1 版第 1 次印刷
2020 年 9 月第 1 版第 2 次印刷
© 2017　2020 中華教育

□
規格
32 開（235 mm×168 mm）

□
ISBN：978-988-8463-15-2

本書經由接力出版社獨家授權繁體字版
在香港和澳門地區出版發行